Albert Camus
Der treibende Stein

SERIE PIPER
Band 495

Zu diesem Buch

Höhepunkt dieser kunstvoll aufgebauten, spannungsreichen Parabel, die nicht nur durch das Motiv des Steins an Camus' berühmten »Mythos von Sisyphos« erinnert, ist das kultisch-religiöse Fest brasilianischer Urwaldbewohner, auf dem einer der Einheimischen sein Gelübde einlösen muß: dem Tode einmal knapp entgangen, möchte er aus Dankbarkeit dem Schicksal gegenüber einen riesigen Stein auf dem Kopf bis zur Dorfkirche tragen. Indem Camus das Scheitern dieses Mannes an seiner absurden Aufgabe beschreibt, läßt er ihn gleichsam zur Symbolfigur werden: er ist der heroische Mensch, der bewußt den Widersinn des Lebens auf sich nimmt.

Albert Camus, geboren 1913 in Mondovi, Algerien, gestorben durch Autounfall 1960 in Villeblevin, Yonne. Stammte aus einer Arbeiterfamilie, studierte Philosophie, war Schauspieler, dann Journalist. Mitglied der Résistance und Mitbegründer der Untergrundzeitung »Combat«.
Erste Veröffentlichungen ab 1937. Sein umfängliches schriftstellerisches Werk umfaßt Romane und Erzählungen, Dramen, Bühnenbearbeitungen sowie zahlreiche Essays. Erhielt 1957 den Nobelpreis für Literatur.

Albert Camus
Der treibende Stein

Erzählung

Aus dem Französischen von Guido G. Meister

Piper
München Zürich

Originaltitel »La pierre qui pousse«
Entnommen dem bei Librairie Gallimard, Paris,
1957 erschienenen Erzählungsband »L'exil et le
royaume« von Albert Camus

ISBN 3-492-00795-3
Neuausgabe 1986
3. Auflage, 16.–25. Tausend August 1986
(1. Auflage, 1.–10. Tausend dieser Ausgabe)
R. Piper GmbH & Co.KG, München

Umschlag: Federico Luci,
unter Verwendung des Motivs »Atlas« (Mischtechnik
auf Papier, 1980) von Alfred Darda
Photo Umschlagrückseite: Rowohlt-Bildarchiv
Gesamtherstellung: Clausen & Bosse, Leck
Printed in Germany

SCHWERFÄLLIG beschrieb der Wagen auf der schlammigen Piste aus ziegelfarbenem Trapp einen Bogen. Plötzlich ließen die Scheinwerfer erst auf der einen, dann auf der anderen Seite der Straße eine mit Blech bedeckte Holzbaracke aus der Nacht auftauchen. In der Nähe der zweiten erkannte man rechter Hand im leichten Nebel einen aus groben Balken gefügten Turm. An der Turmspitze nahm ein Metallkabel seinen Anfang, dessen Ausgangspunkt unsichtbar blieb, das aber immer heller aufblitzte, je tiefer es in das Licht der Scheinwerfer gelangte, bis es schließlich hinter der Böschung verschwand, die der Straße ein Ende bereitete. Der Wagen fuhr langsamer und hielt ein paar Meter von den Baracken entfernt.

Der Mann, der rechts vom Chauffeur ausstieg, hatte Mühe, sich durch den Schlag zu zwängen. Als er sich aufrichtete, schwankte sein mächtiger Körper ein bißchen. Von der Müdigkeit niedergedrückt, stand er schwerfüßig im Schatten neben dem Wagen und schien dem Brummen des gedrosselten Motors zu lauschen. Dann trat er in den Lichtkegel der Scheinwerfer und ging auf die Böschung zu. Oben angelangt, hielt er inne, riesig stand sein Rücken in der Nacht. Nach einer kurzen Weile kehrte er sich um. Das vom Armaturenbrett schwach beleuchtete schwarze Gesicht des Fahrers lächelte. Der Mann machte ein Zeichen; der Chauffeur stellte den Motor ab. Alsbald umfing eine große, kühle Stille Piste und Wald. Da vernahm man das Rauschen des Wassers.

Der Mann betrachtete den Strom zu seinen Füßen, der sich nur durch ein weites, dunkles, mit blitzenden Schuppen gespicktes Ziehen verriet. Eine dichtere, erstarrte Finsternis weit drüben mußte das jenseitige Ufer sein. Wenn man indessen genau hinschaute, gewahrte man auf jenem reglosen Ufer eine gelbliche Flamme, die an eine in der Ferne verlorene Öllampe erinnerte. Der Riese drehte sich dem Wagen zu und nickte. Der Fahrer löschte seine Scheinwerfer, zündete sie wieder an und ließ sie dann in regelmäßigen Abständen blinken. Der Mann auf der Böschung wurde aus dem Dunkel gerissen und wieder verschluckt, und bei jedem Auftauchen wirkte er größer und massiger. Plötzlich erhob sich auf dem anderen Ufer des Stromes eine von einem unsichtbaren Arm geschwenkte Laterne mehrmals in die Luft. Auf ein weiteres Zeichen des Spähenden stellte der Fahrer die Scheinwerfer endgültig ab. Wagen und Mann wurden von der Nacht verschlungen. Nun, da kein Licht mehr brannte, wurde der Strom beinahe sichtbar, oder zumindest ein paar seiner langen, flüssigen Muskeln, die hier und dort aufleuchteten. Zu beiden Seiten der Straße hob sich die dunkle Masse des Waldes vom Himmel ab und schien ganz nahe. Der leichte Regen, der eine Stunde zuvor die Piste durchweicht hatte, schwebte noch in der warmen Luft und ließ das Schweigen und die Reglosigkeit dieser großen Lichtung inmitten des Urwaldes noch schwerer lasten. Am schwarzen Himmel zitterten dunstige Sterne.

Aber vom jenseitigen Ufer her drang Kettengerassel und gedämpftes Plätschern. Über der Baracke zur Rechten des weiterhin wartenden Mannes spannte sich die Trosse. Ein dumpfes Knirschen begann sie zu durchlaufen, während gleichzeitig weit vernehmbar und doch leise ein Geräusch von durchpflügtem Wasser vom Strom aufstieg. Das Knirschen wurde gleichmäßig, das Rauschen lauter und deutlicher erkennbar, und zur gleichen Zeit wurde auch die Laterne größer. Nun konnte man den gelblichen Dunstkreis, der sie umgab, genau wahrnehmen. Nach und nach weitete sich dieser Hof und verengte sich dann wieder, während die Laterne durch den Dunst schien und eine Art viereckiges Dach aus dürren Palmblättern zu beleuchten begann, das an den vier Ecken von dicken Bambuspfosten gestützt wurde. Dieses einfache Wetterdach, um das herum sich verschwommene Schatten bewegten, trieb langsam dem Ufer entgegen. Als es ungefähr in der Mitte des Stromes angelangt war, sah man im gelben Licht deutlich drei kleine, beinahe schwarze Männer mit nacktem Oberkörper, die kegelförmige Hüte trugen. Unbeweglich standen sie auf ihren leicht gespreizten Beinen und beugten sich ein bißchen vornüber, um das mächtige Ziehen des Stromes auszugleichen, der mit seiner ganzen unsichtbaren Wasserflut gegen die Seite eines großen, derben Floßes drängte, das nun als letztes aus Nacht und Wasser auftauchte. Als die Fähre nähergekommen war, bemerkte der Mann auf der stromabwärts liegenden Seite hinter dem Wetterdach zwei hochgewachsene Neger, die ebenfalls nur breitkrempige Strohhüte und eine Hose aus ungebleichter Leinwand trugen. Nebeneinander stehend, lehnten sie mit ihrem ganzen Gewicht auf Stangen, die langsam am hinteren Ende des Floßes in den Strom eintauchten, während die Schwarzen sich mit der gleichen gemessenen Bewegung bis zur Grenze des Gleichgewichts über das Wasser beugten. Vorne standen unbeweglich und schweigend die drei Mulatten und blickten dem Ufer entgegen, ohne die Augen zu dem Mann zu erheben, der auf sie wartete.

Plötzlich stieß die Fähre gegen das äußerste Ende eines Landungsstegs, der ins Wasser hinausragte und den die von der Erschütterung ins Schaukeln geratene Laterne dem Blick eben erst enthüllt hatte. Die großen Neger hielten inne, ihre Hände blieben über dem Kopf erhoben und umklammerten das Ende der kaum eingetauchten Stangen; ihre Muskeln waren gespannt und von einem unablässigen leisen Zittern durchlaufen, das vom Wasser selbst und seinem Druck herzurühren schien. Die übrigen Fährleute warfen Ketten um die Pfosten des Landungsstegs, sprangen auf die Bretter hinüber und ließen eine Art primitiver Zugbrücke herunter, die sich als schiefe Ebene über den vorderen Teil des Floßes legte.

Der Mann kehrte zum Auto zurück und stieg ein, während der Fahrer den Motor anließ. Langsam fuhr der Wagen die Böschung hinauf, streckte seinen Kühler himmelwärts, senkte sich dann dem Strom entgegen und begann die Abfahrt. Von den Bremsen gehalten, rollte er dahin, schlidderte ein wenig im Schlamm, stand still, fuhr weiter. Unter dem Gepolter der wippenden Bretter schob er sich über den Landungssteg, an dessen Ende die Mulatten sich immer noch wortlos zu beiden Seiten aufgestellt hatten, und neigte sich behutsam auf das Floß. Dieses senkte sich tiefer ins Wasser, sobald die Vorderräder es berührten, und tauchte beinahe augenblicklich wieder auf, um das ganze Gewicht des Wagens in Empfang zu nehmen. Dann ließ der Chauffeur sein Fahrzeug nach hinten rollen und brachte es vor dem viereckigen Dach, an dem die Laterne hing, zum Stehen. Sogleich klappten die Mulatten die schiefe Ebene auf den Landungssteg zurück und sprangen miteinan-

der auf die Fähre hinüber, so daß sie sie vom schlammigen Ufer abstießen. Der Strom bäumte sich unter dem Floß und trug es an der Oberfläche des Wassers, wo es, von der hohen, die Trosse entlang über den Himmel gleitenden Stange geführt, ruhig dahintrieb. Die Neger brauchten sich jetzt nicht mehr anzustrengen und holten die Staken ein. Der Mann und der Chauffeur stiegen aus, stellten sich still an den Rand des Floßes und blickten stromaufwärts. Während des Verladens hatte niemand gesprochen, und auch jetzt noch blieb jeder unbeweglich und schweigend an seinem Platz, außer einem der großen Neger, der sich mit grobem Papier eine Zigarette drehte.
Der Mann blickte hinauf zu der Lücke, durch die der Strom aus dem brasilianischen Urwald hervorbrach und auf sie zufloß. An dieser Stelle war er mehrere hundert Meter breit und drängte aufgewühltes, seidenweiches Wasser gegen die Flanke des Floßes, quoll zu beiden Seiten hervor, umspülte es und breitete sich von neuem zu einer einzigen mächtigen Flut, die sanft durch den dunklen Wald dem Meer und der Nacht entgegenzog. Ein schaler Geruch, der vom Wasser oder vom schwammigen Himmel kam, schwebte in der Luft. Man vernahm jetzt das Gurgeln der Grundwellen unter der Fähre und von beiden Ufern her den in langen Zwischenräumen ertönenden Ruf mächtiger Kröten oder seltsame Vogelschreie. Der Riese trat zum Fahrer, einem

kleinen, mageren Mann, der an einem der Bambuspfosten lehnte. Er hatte die Fäuste in den Taschen eines ehemals blauen, jetzt von dem Staub, den sie den ganzen Tag geschluckt hatten, mit einer roten Schicht bedeckten Überkleids vergraben. Ein breites Lächeln stand auf dem trotz seiner Jugend verrunzelten Gesicht, während er mit abwesendem Blick zu den erschöpften Sternen schaute, die noch am feuchten Himmel schwammen.

Die Vogelschreie wurden lauter, unbekanntes Kreischen gesellte sich dazu, und beinahe gleichzeitig begann die Trosse zu knirschen. Die Neger tauchten ihre Stangen ein und suchten wie Blinde tastend nach dem Grund. Der Mann kehrte sich dem Ufer zu, das sie eben verlassen hatten. Es war nun seinerseits von Nacht und Wasser aufgesogen, unermeßlich und abweisend wie der Kontinent von Bäumen, der sich dahinter über Tausende von Kilometern erstreckte.

Die Handvoll Menschen, die zu dieser Stunde über einen unzähmbaren Strom glitten, schienen jetzt zwischen dem ganz nahen Ozean und diesem Pflanzenmeer verloren. Als das Floß an den anderen Landungssteg stieß, war es, als ob sie nach Tagen schreckerfüllten Dahintreibens mit gekappten Tauen auf einer in Finsternis gehüllten Insel landeten.

An Land waren endlich die Stimmen der Männer zu hören. Der Fahrer hatte sie entlohnt, und in einem Ton, der in der dumpfen Nacht seltsam fröhlich klang, entboten sie dem wieder anfahrenden Wagen auf portugiesisch ihren Gruß.

»Sechzig haben sie gesagt, die Kilometer bis Iguape. Drei Stunden fährst du, und dann ist Schluß. Sokrates ist froh«, verkündete der Fahrer.

Der Mann lachte, ein herzliches, kräftiges und warmes Lachen, das zu ihm paßte.

»Ich auch, Sokrates, ich auch. Die Piste ist mühsam.«

»Zu schwer, Monsieur D'Arrast, du bist zu schwer«, und der Fahrer brach in ein unbändiges Gelächter aus.

Der Wagen rollte nun ein bißchen schneller und fuhr inmitten eines weichen, süßlichen Geruchs zwischen hohen Mauern von Bäumen und unentwirrbar verschlungenen Pflanzen dahin. Schwärme von Leuchtkäfern schwirrten unaufhörlich durch das Dunkel des Waldes, und von Zeit zu Zeit flatterte eine Sekunde lang ein rotäugiger Vogel vor der Windschutzscheibe. Zuweilen drang aus der Tiefe der Nacht ein unheimliches Fauchen bis zu ihnen. Dann blickte der Fahrer seinen Begleiter mit drolligem Augenrollen an.

Die Straße wand und schlängelte sich, überquerte kleine Flüsse auf wackeligen Bohlenbrücken. Nach einer Stunde fing der Dunst an, dichter zu werden. Ein feiner, leiser Regen begann zu fallen und zerfraß das Licht der Scheinwerfer.

D'Arrast war trotz des Rüttelns halb eingeschlafen. Er

fuhr nicht mehr durch den nassen Wald, sondern wieder auf den Straßen der Serra, denen sie am Morgen nach dem Verlassen von São Paulo gefolgt waren. Allüberall stieg von diesen Erdpisten der rote Staub auf, dessen Geschmack sie noch auf der Zunge hatten und der ringsum, so weit das Auge reichte, den dürftigen Pflanzenwuchs der Steppe überzog. Die schwüle Sonne, die bleichen, zerklüfteten Berge, die ausgehungerten Zebus, denen man auf der Landstraße begegnete und deren einzige Begleitung aus einem müden Schwarm struppiger Urubus bestand, das lange Fahren durch eine rote Wüste...

Er zuckte zusammen. Der Wagen stand still. Jetzt befanden sie sich in Japan: Zu beiden Seiten der Straße zierliche Häuser und in den Häusern huschende Kimonos. Der Chauffeur sprach mit einem Japaner, der ein schmutziges Überkleid und einen brasilianischen Strohhut trug. Dann setzte sich das Auto wieder in Bewegung.

»Er hat gesagt: nur vierzig Kilometer.«

»Wo waren wir? In Tokio?«

»Nein, Registro. Bei uns alle Japaner kommen hierher.«

»Warum?«

»Weiß nicht. Sie sind gelb, weißt du, Monsieur D'Arrast.«

Aber nun lichtete sich der Wald ein bißchen, die Straße

wurde fahrbarer, doch glitschig. Der Wagen schlidderte über Sand. Durch den Schlag drang ein feuchter, lauer, ein bißchen säuerlicher Hauch.

»Spürst du«, sagte der Fahrer genießerisch, »das ist liebes Meer. Bald Iguape.«

»Wenn wir genug Benzin haben«, sagte D'Arrast. Und friedlich schlief er wieder ein.

Am frühen Morgen saß D'Arrast aufrecht in seinem Bett und betrachtete voll Verwunderung den Saal, in dem er eben erwacht war. Die hohen Mauern waren bis auf halbe Höhe kürzlich braun getüncht worden. Weiter oben waren sie vor Urzeiten einmal weiß gewesen, aber jetzt überzogen gelbe Schuppen sie bis zur Decke. Zwei Reihen von je sechs Betten standen sich gegenüber. D'Arrast sah nur ein benutztes Bett am Ende seiner Reihe, und dieses Bett war leer. Zu seiner Linken vernahm er jedoch ein Geräusch und wandte den Kopf nach der Tür; dort stand Sokrates, hielt in jeder Hand eine Flasche Mineralwasser und lachte. »Glückliche Erinnerung!« sagte er. D'Arrast rieb sich die Augen. Richtig, das Krankenhaus, in dem der Bürgermeister sie am Vorabend untergebracht hatte, hieß ›Glückliche Erinnerung‹. »Und wie Erinnerung!« fuhr Sokrates fort. »Sie haben mir erzählt, zuerst Krankenhaus bauen, später Wasser bauen. Bis dann glückliche Erinnerung. Nimm das Prickelwasser, um dich zu waschen.« Lachend und

singend verschwand er wieder, offenbar keineswegs mitgenommen von dem erdbebenhaften Niesen, das ihn die ganze Nacht geschüttelt hatte, so daß D'Arrast kein Auge hatte schließen können.
D'Arrast war jetzt hellwach. Durch die vergitterten Fenster ihm gegenüber gewahrte er einen kleinen Hof aus roter Erde, durchweicht vom Regen, den man lautlos über einen riesigen Busch Aloe fließen sah. Eine Frau ging vorbei; sie trug mit ausgestreckten Armen ein gelbes Halstuch ausgebreitet über dem Kopf. D'Arrast legte sich wieder hin, richtete sich jedoch erneut auf und stieg aus dem Bett, das sich unter seinem Gewicht ächzend durchbog. Im gleichen Augenblick trat Sokrates ein. »Jetzt du, Monsieur D'Arrast. Der Bürgermeister wartet draußen.« Aber als er D'Arrasts Ausdruck sah, fügte er hinzu: »Bleib ruhig, er nie eilig.«
Nachdem D'Arrast sich mit Mineralwasser rasiert hatte, trat er hinaus in die Vorhalle. Der Bürgermeister, der die Größe und mit seiner goldumränderten Brille auch das Aussehen eines liebenswürdigen Wiesels besaß, schien in trübsinnige Betrachtung des Regens versunken. Aber ein hinreißendes Lächeln verklärte ihn, sobald er D'Arrasts ansichtig wurde. Er straffte seinen kleingewachsenen Körper, stürzte herbei und versuchte, mit seinen Armen die Brust des ›Herrn Ingenieurs‹ zu umschlingen. Im gleichen Augenblick bremste auf der anderen Seite des Hofmäuerchens ein Wagen, ge-

riet im nassen Lehm ins Schleudern und kam zu einem schiefen Stillstand. »Der Richter!« sagte der Bürgermeister. Der Richter trug wie der Bürgermeister einen dunkelblauen Anzug. Aber er war viel jünger oder schien es wenigstens dank seinem ebenmäßigen Wuchs und seinem frischen, erstaunten Jünglingsgesicht. Er kam jetzt durch den Hof auf sie zu, wobei er mit viel Anmut den Pfützen aus dem Wege ging. Ein paar Schritte von D'Arrast entfernt, breitete er bereits die Arme aus und hieß ihn willkommen. Er war stolz, den Herrn Ingenieur begrüßen zu dürfen. Dieser Besuch gereichte ihrer bescheidenen Stadt zur Ehre, und er freute sich über den unschätzbaren Dienst, den der Herr Ingenieur Iguape erweisen würde, indem er den kleinen Damm baute, der den regelmäßigen Überschwemmungen in den tiefer gelegenen Stadtteilen ein Ende bereiten sollte. Den Wassern gebieten, die Ströme bezähmen, ach, was für ein edler Beruf, und die armen Leute von Iguape würden ganz bestimmt den Namen des Herrn Ingenieurs nicht vergessen und ihn in vielen Jahren noch in ihren Gebeten erwähnen! Von so viel Liebenswürdigkeit und Beredsamkeit beeindruckt, wagte D'Arrast es nicht mehr, sich zu fragen, was ein Richter wohl mit einem Damm zu tun haben mochte. Überhaupt mußte man sich jetzt in den Klub begeben, wo die Honoratioren den Herrn Ingenieur geziemend zu empfangen wünschten. Wer waren die Honoratioren?

»Nun«, sagte der Bürgermeister, »ich selber in meiner Eigenschaft als Bürgermeister, Senhor Carvalho, hier zugegen, der Hafenkommandant und ein paar andere, weniger wichtige. Sie werden sich übrigens nicht mit ihnen abgeben müssen, denn sie sprechen nur portugiesisch.«
D'Arrast rief Sokrates herbei und teilte ihm mit, er werde ihn am späten Vormittag wieder treffen.
»Sehr gut«, sagte Sokrates. »Ich gehe in Park mit Brunnen.«
»Mit Brunnen?«
»Ja, jeder weiß. Hab' keine Angst, Monsieur D'Arrast.«
Das Krankenhaus stand, wie D'Arrast im Hinausgehen merkte, am Rand des Waldes, dessen mächtiges Laubwerk beinahe über die Dächer hing. Über die ganze Oberfläche der Bäume fiel jetzt ein feiner Wasserschleier, den der dichte Wald lautlos in sich aufsog wie ein riesiger Schwamm. Die Stadt, ungefähr hundert mit verwaschenen Ziegeln gedeckte Häuser, lag zwischen dem Wald und dem Strom, dessen fernes Rauschen bis zum Krankenhaus drang. Der Wagen fuhr zuerst durch aufgeweichte Straßen und gelangte beinahe augenblicklich auf einen rechteckigen, ziemlich großen Platz, dessen roter Lehm zwischen den zahlreichen Lachen Spuren von Autoreifen, Eisenrädern und Hufen bewahrte. Ringsum schlossen niedere, farbig verputzte Häuser

den Platz ab, hinter dem man die beiden runden Türme einer blauen und weißen, im Kolonialstil erbauten Kirche gewahrte. Über dieser kahlen Szenerie schwebte ein von der Mündung des Stromes herüberwehender Geruch nach Salz. In der Mitte des Platzes irrten ein paar nasse Gestalten umher. Die Häuser entlang wandelte mit kurzen Schritten und gemessenen Gebärden eine bunt durcheinandergewürfelte Gesellschaft von Gauchos, Japanern, Halbblutindianern und herausgeputzten Notabeln, deren dunkle Anzüge in dieser Umgebung geradezu exotisch wirkten. Ohne Hast traten sie zur Seite, um den Wagen durchzulassen, standen dann still und folgten ihm mit dem Blick. Als das Auto vor einem der Häuser auf dem Platz anhielt, wurde es zum Mittelpunkt eines schweigenden Kreises durchnäßter Gauchos.

Im Klub, einer kleinen Bar im ersten Stock, in der ein Schanktisch aus Bambus und kleine Eisentischchen standen, waren die Honoratioren zahlreich versammelt. Man trank D'Arrast zu Ehren Zuckerrohrschnaps, nachdem der Bürgermeister ihn mit dem Glas in der Hand willkommen geheißen und ihm alles Glück der Welt gewünscht hatte. Aber während D'Arrast trinkend am Fenster stand, trat leicht schwankend ein großer Schnapphahn in Reithose und ledernen Beinschienen zu ihm und redete überstürzt und unverständlich auf ihn ein. Der Ingenieur erfaßte von der ganzen Tirade nur das

Wort ›Paß‹. Er zögerte, dann zog er das Dokument hervor, und der andere bemächtigte sich seiner voll Gier. Nachdem der Schnapphahn den Paß durchgeblättert hatte, machte er kein Hehl aus seinem Mißvergnügen. Der Wortschwall setzte von neuem ein, das Büchlein tanzte vor der Nase des Ingenieurs, der den Wütenden ungerührt betrachtete. In diesem Augenblick trat lächelnd der Richter zu ihnen, um sich zu erkundigen, wovon die Rede sei. Der Betrunkene musterte eine kurze Weile das schmächtige Geschöpf, das sich da getraute, ihn zu unterbrechen, dann fuchtelte er, noch bedrohlicher schwankend, mit dem Paß auch vor den Augen des neuen Gesprächspartners herum. D'Arrast setzte sich seelenruhig an ein Tischchen und wartete. Das Gespräch wurde immer erregter, und plötzlich ließ der Richter eine dröhnende Stimme ertönen, die man ihm gar nicht zugetraut hätte. Völlig überraschend begann der Schnapphahn auf einmal mit der Miene eines ertappten Kindes zu krebsen. Nach einem letzten Befehl des Richters lenkte er mit dem Schräggang des bestraften Klassendümmsten seine Schritte zur Tür und verschwand.

Der Richter kam sogleich zu D'Arrast zurück und erklärte ihm mit einer Stimme, die ihren Wohlklang wiedergefunden hatte, dieser ungehobelte Kerl sei der Polizeichef, er habe gewagt, zu behaupten, der Paß sei nicht in Ordnung, und er werde die verdiente Strafe für diesen Verstoß erhalten. Senhor Carvalho richtete sich anschließend an die im Kreis versammelten Honoratioren und schien ihnen eine Frage zu stellen. Nach einer kurzen Diskussion bat der Richter D'Arrast feierlich um Entschuldigung, beschwor ihn, überzeugt zu sein, daß allein die Trunkenheit eine solche Mißachtung der Gefühle der Ehrfurcht und der Dankbarkeit, die die Stadt Iguape ihm in ihrer Gesamtheit schuldete, erklären könne, und forderte ihn schließlich auf, selbst zu entscheiden, was für eine Strafe über dieses jammervolle Subjekt verhängt werden solle. D'Arrast versicherte, er wünsche durchaus keine Bestrafung, der Zwischenfall sei ganz ohne Bedeutung, und er habe es vor allem eilig, an den Strom zu gehen. Da ergriff der Bürgermeister das Wort, um mit viel liebevoller Gemütlichkeit zu beteuern, eine Bestrafung sei wirklich und wahrhaftig unerläßlich und der Schuldige werde hinter Schloß und Riegel bleiben, bis es ihrem erlauchten Besucher gefalle, über sein Schicksal zu entscheiden. Kein Protest vermochte diese lächelnde Strenge zu beugen, und D'Arrast mußte versprechen, er werde es sich überlegen. Daraufhin wurde beschlossen, die unteren Stadtteile zu besichtigen.

Der Strom breitete sein gelbes Wasser weit über die niedrigen, glitschigen Ufer aus. Sie hatten die Häuser von Iguape hinter sich gelassen und befanden sich zwischen dem Strom und einer hohen, steilen Böschung, an der Hütten aus Strohlehm und Astwerk klebten. Vor ihnen begann am Rand der Böschung wie auf dem anderen Ufer ohne Übergang wieder der Wald. Aber der Durchbruch des Wassers zwischen den Bäumen wurde rasch breiter und verlor sich in einer kaum erkennbaren, mehr grauen denn gelben Linie, die das Meer bezeichnete. Ohne ein Wort ging D'Arrast auf die Böschung zu, auf der die verschiedenen Hochwasser noch frische Spuren hinterlassen hatten. Ein schlammiger Fußweg führte zu den Hütten hinauf. Vor diesen Behausungen drängten sich schweigende Neger und betrachteten die Besucher. Einzelne Paare hielten sich bei der Hand, und zuvorderst, ganz am Rand des Hangs, stand mit aufgeblähten Bäuchen und spindeldürren Schenkeln eine Reihe kleiner Negerlein, die kugelrunde Augen aufsperrten.

Vor den Hütten angelangt, winkte D'Arrast mit einer Handbewegung den Hafenkommandanten herbei, einen dicken, freundlich lachenden Schwarzen in einer weißen Uniform. D'Arrast fragte ihn auf spanisch, ob es wohl möglich wäre, eine der Hütten zu besichtigen. Der Kommandant war dessen gewiß, er fand die Idee sogar ausgezeichnet, und der Herr Ingenieur werde äußerst interessante Dinge zu Gesicht bekommen. Er wandte sich an die Neger und sprach lange auf sie ein, wobei er auf D'Arrast und den Strom wies. Die anderen hörten zu, ohne ein Wort zu erwidern. Als der

Kommandant geendet hatte, rührte sich niemand. Von neuem hob er an zu sprechen, und seine Stimme klang ungeduldig. Dann rief er einen der Männer an, doch der schüttelte den Kopf. Da sagte der Kommandant in befehlerischem Ton ein paar kurze Worte. Der Mann löste sich aus der Gruppe, wandte sich D'Arrast zu und wies ihm mit der Hand den Weg. Sein Blick war feindselig. Er war schon ziemlich bejahrt, auf seinem Kopf wuchs kurze, graue Wolle, sein Gesicht war schmal und verwelkt, der Körper indessen noch jung, seine harten, hageren Schultern und seine Muskeln zeichneten sich unter dem zerrissenen Hemd und der Leinwandhose ab. Gefolgt vom Kommandanten und der Menge der Schwarzen gingen sie weiter und erkletterten eine neue, noch abschüssigere Böschung, auf der sich die Hütten aus Erde, Weißblech und Schilf mit so viel Mühe an den Boden klammerten, daß man ihre Basis mit großen Steinen hatte verstärken müssen. Sie begegneten einer Frau, die auf ihrem hoch erhobenen Kopf einen mit Wasser gefüllten Kanister trug und mit ihren bloßen Füßen zuweilen auf dem Weg ausglitt. Dann gelangten sie zu einem kleinen, von drei Hütten eingerahmten Platz. Der Mann ging auf eine der Hütten zu und stieß eine Bambustür auf, deren Angeln aus Lianen bestanden. Dann trat er wortlos zur Seite und schaute den Ingenieur wieder mit dem gleichen ausdruckslosen Blick an. In der Hütte gewahrte D'Arrast zuerst nichts als ein verlöschendes Feuer auf dem Boden genau in der Mitte des Raums. Dann entdeckte er in einer Ecke im Hintergrund eine kupferne Bettstatt mit einer bloßen, ausgebeulten Untermatratze, in der anderen Ecke einen Tisch, auf dem irdenes Geschirr stand, und zwischen den beiden Möbeln eine Art Gestell, auf dem ein den heiligen Georg darstellender Farbendruck thronte. Daneben nichts als ein Haufen Lumpen rechts vom Eingang und an der Decke ein paar bunte Lendenschurze, die über der Feuerstelle trockneten. D'Arrast atmete reglos den Geruch des Rauchs und des Elends ein, der vom Boden aufstieg und ihm die Kehle zuschnürte. Hinter ihm klatschte der Kommandant in die Hände. Der Ingenieur wandte sich um und sah im Gegenlicht die anmutige Silhouette eines jungen Mädchens, das eben über die Schwelle trat und ihm etwas darbot: er nahm das Glas mit dem dicken Zuckerrohrschnaps und trank es aus. Das junge Mädchen streckte ihm das Tablett entgegen, um das leere Glas wieder in Empfang zu nehmen, und ging mit einer so weichen und lebensvollen Geschmeidigkeit hinaus, daß D'Arrast plötzlich Lust hatte, es zurückzuhalten.

Aber als er hinter ihr ins Freie trat, konnte er sie in der Menge der Neger und der Notabeln, die sich um die Hütte versammelt hatten, nicht mehr ausfindig machen. Er bedankte sich bei dem alten Mann, der sich wortlos verneigte. Dann ging er. Der Kommandant folgte ihm und nahm seine Erklärungen wieder auf, fragte, wann die französische Firma in Rio die Arbeit wohl in Angriff nehmen werde und ob es möglich sei, den Damm vor den großen Regenfällen fertigzustellen. D'Arrast wußte es nicht, und in Tat und Wahrheit waren seine Gedanken anderswo. Er ging im ungreifbaren Regen zum kühlen Strom hinunter und lauschte immer noch auf das mächtige, den Raum erfüllende Rauschen, das er seit seiner Ankunft unaufhörlich vernahm und von dem man nicht zu sagen vermochte, ob es vom Wasser herrührte oder von den Bäumen. Am Ufer stehend, betrachtete er in der Ferne die verschwimmende Linie des Meeres, die Tausende von Kilometern einsamer Wasserfluten, dann Afrika und dann Europa, von wo er kam.

»Herr Kommandant«, sagte er, »wovon leben die Leute, die wir eben besucht haben?«

»Sie arbeiten, wenn man ihrer bedarf«, sagte der Kommandant. »Wir sind arm.«

»Sind das die Ärmsten?«

»Es sind die Ärmsten.«

Der Richter, der in seinen feinen Schuhen ständig auszugleiten drohte, gesellte sich in diesem Augenblick zu ihnen und versicherte, sie liebten den Herrn Ingenieur bereits, der ihnen Arbeit verschaffen würde.

»Und wissen Sie«, fügte er hinzu, »sie singen und tanzen jeden Tag.«

Dann fragte er D'Arrast unvermittelt, ob er sich die Bestrafung überlegt habe.
»Welche Bestrafung?«
»Nun, unser Polizeichef.«
»Lassen Sie ihn unbehelligt.«
Der Richter sagte, das sei nicht möglich, Strafe müsse sein. D'Arrast ging bereits Iguape zu.

Im kleinen Brunnen-Park, der im leisen Regen geheimnisvoll und lieblich aussah, wanden sich seltsame Blütentrauben um die Lianen, die zwischen den Pisangen und den Pandanen hingen. Häufchen nasser Steine bezeichneten den Schnittpunkt der Wege, auf denen sich zu dieser Stunde eine bunte Menge erging. Mestizen, Mulatten, ein paar Gauchos schwatzten leise oder spazierten mit dem gleichen langsamen Schritt auf den Bambusalleen dahin bis zur Stelle, wo die Baumgruppen und Büsche dichter und undurchdringlicher wurden. Dort begann ohne Übergang der Wald.
D'Arrast suchte Sokrates in der Menge, als er von ihm in den Rücken gepufft wurde.
»Heute ist das Fest«, sagte Sokrates lachend und stützte sich auf D'Arrasts hohe Schultern, um auf und ab zu hüpfen.
»Was für ein Fest?«
»Wie?« wunderte Sokrates sich, während er sich vor D'Arrast aufstellte. »Du weißt nicht? Das Fest vom gu-

ten Herr Jesus. Jedes Jahr kommen alle in die Grotte mit dem Hammer.«
Sokrates wies nicht auf eine Grotte, sondern auf eine Gruppe von Menschen, die in einer Ecke des Parks zu warten schienen.
»Siehst du! Eines Tages ist Statue vom guten Herr Jesus vom Meer gekommen, Fluß hinauf. Fischer haben sie gefunden. So schön! So schön! Dann haben sie gewaschen hier in der Grotte. Und jetzt ist gewachsen ein Stein in der Grotte. Jedes Jahr wird Fest gefeiert. Mit dem Hammer schlägst du und schlägst Stücke ab für das gesegnete Glück. Und er treibt immer nach, und du schlägst immer ab. Das ist das Wunder.«
Sie waren zur Grotte gelangt, deren niederen Eingang man über die Wartenden hinweg gewahrte. In der von den flackernden Kerzenflammen durchzuckten Dunkelheit der Höhle schwang in diesem Augenblick eine kauernde Gestalt einen Hammer. Dann richtete der Mann, ein magerer Gaucho mit einem langen Schnurrbart, sich auf und trat heraus; in seiner allen Blicken dargebotenen Handfläche hielt er ein kleines Stück feuchten Schiefers, über dem er nach ein paar Sekunden behutsam die Hand schloß, ehe er sich entfernte. Dann betrat ein anderer Mann gebückt die Höhle.
D'Arrast wandte sich um. Rings um ihn warteten die Pilger, ohne ihn anzublicken, des Regens, der in dünnen Schleiern von den Bäumen rieselte, nicht achtend.

Auch er wartete vor dieser Grotte, im gleichen Regensprühen, und wußte nicht, worauf. In Wahrheit hörte er nicht auf zu warten, seitdem er vor einem Monat in dieses Land gekommen war. Er wartete in der roten Schwüle der feuchten Tage und unter den schmächtigen Sternen der Nacht, trotz der Aufgaben, die seiner harrten, der zu errichtenden Dämme, der zu bauenden Straßen, als wäre die Arbeit, die auszuführen er hierhergekommen war, nur ein Vorwand, der Anlaß zu einer Überraschung oder einer Begegnung, die er sich nicht vorzustellen suchte, die jedoch am anderen Ende der Welt geduldig auf ihn gewartet hatte. Er riß sich zusammen, entfernte sich, ohne daß jemand in dem Grüpplein ihm Beachtung schenkte, und lenkte seine Schritte nach dem Ausgang. Er mußte an den Strom zurück und arbeiten.

Aber am Tor wartete Sokrates auf ihn, vertieft in ein zungenfertiges Gespräch mit einem kleinen, dicken, stämmigen Mann, dessen Haut eher gelb als braun war und dessen völlig kahl geschorener Schädel seine hochgewölbte Stirn noch höher erscheinen ließ. Dafür zierte ein tiefschwarzer, viereckig geschnittener Bart sein breites, glattes Gesicht.

»Der da, eine Kanone!« sagte Sokrates, um vorzustellen. »Morgen macht er die Prozession.«

Der Mann, der einen Matrosenanzug aus grober Serge und unter seiner Bluse ein weiß und blau gestreiftes

Leibchen trug, musterte D'Arrast aufmerksam aus seinen schwarzen, ruhigen Augen. Gleichzeitig entblößte er in einem herzlichen Lächeln seine blendend weißen Zähne zwischen seinen vollen, glänzenden Lippen.
»Er spricht Spanisch«, sagte Sokrates und fügte gegen den Unbekannten gewendet hinzu: »Erzähl Monsieur D'Arrast.« Dann tänzelte er zu einer anderen Gruppe hinüber. Der Mann hörte auf zu lächeln und betrachtete D'Arrast mit unverhohlener Neugier.
»Nimmt es dich wunder, Kapitän?«
»Ich bin kein Kapitän«, sagte D'Arrast.
»Das tut nichts. Du bist ein vornehmer Herr. Sokrates hat es mir gesagt.«
»Ich nicht. Aber mein Großvater war einer. Sein Vater ebenfalls und alle vor ihm. Jetzt gibt es bei uns zulande keine Herren mehr.«
»Ach so!« sagte der Mulatte lachend. »Ich verstehe. Jeder ist ein Herr.«
»Nein, das auch wieder nicht. Es gibt weder Herren noch Untertanen.«
Der andere überlegte, dann fragte er:
»Niemand arbeitet? Niemand leidet?«
»O doch, Millionen Menschen.«
»Dann sind sie die Untertanen.«
»So verstanden, gibt es Untertanen, das stimmt. Aber ihre Herren sind Polizeigewaltige oder Händler.«
Das gutmütige Gesicht des Mulatten verfinsterte sich.

Dann brummte er: »Hm! Kaufen und verkaufen, was! So ein Dreck! Und bei der Polizei befehlen die Hunde.«
Unvermittelt brach er in Lachen aus.
»Und du, verkaufst du nichts?«
»Sozusagen nichts. Ich baue Brücken und Straßen.«
»Das ist gut. Und ich bin Schiffskoch. Wenn du willst, koche ich dir unser Leibgericht aus schwarzen Bohnen.«
»Gerne.«
Der Koch trat nahe an D'Arrast heran und faßte ihn beim Arm.
»Hör, was du sagst, gefällt mir. Darum will ich dir auch etwas sagen. Vielleicht gefällt es dir.«
Er zog ihn mit sich, und sie setzten sich nahe beim Eingang auf eine nasse Holzbank zu Füßen einer Bambusgruppe.
»Ich war auf See draußen vor Iguape, auf einem kleinen Petroleumdampfer, der die Häfen der Küste versorgt. An Bord brach Feuer aus. Beileibe nicht durch meine Schuld, ich verstehe meinen Beruf! Nein, das Unglück wollte es so. Wir konnten die Boote zu Wasser lassen. In der Nacht fing das Meer an zu toben, die Wellen überrollten das Boot, und ich ging unter. Als ich wieder auftauchte, stieß ich mit dem Kopf gegen das Boot. Ich trieb ab. Die Nacht war dunkel, das Meer ist groß, und ich schwimme schlecht, ich hatte Angst. Plötz-

lich sah ich in der Ferne ein Licht, ich erkannte die Kuppel der Jesuskirche von Iguape. Da habe ich dem guten Herrn Jesus versprochen, ich werde in der Prozession einen Stein von fünfzig Kilo auf dem Kopf tragen, wenn er mich rette. Du wirst es mir nicht glauben, aber die Wellen wurden ruhig und mein Herz auch. Ich schwamm ganz still vor mich hin, ich war glücklich, und ich habe die Küste erreicht. Morgen werde ich mein Versprechen einlösen.«

Er schaute D'Arrast mit plötzlichem Argwohn an.

»Du lachst doch nicht etwa?«

»Ich lache nicht. Man muß halten, was man versprochen hat.«

Der andere klopfte ihm auf die Schulter. »Komm jetzt zu meinem Bruder am Strom. Ich will dir Bohnen kochen.«

»Nein«, sagte D'Arrast, »ich habe zu tun. Heute abend, wenn du willst.«

»Gut. Aber heute nacht tanzt und betet man in der großen Hütte. Man feiert das Fest des heiligen Georg.«

D'Arrast fragte ihn, ob er auch tanze. Das Gesicht des Kochs wurde auf einmal hart; zum erstenmal wich er seinem Blick aus.

»Nein, nein, ich tanze nicht. Morgen muß ich den Stein tragen. Er ist schwer. Ich gehe heute abend hin, um den Heiligen zu feiern. Und dann will ich mich beizeiten zurückziehen.«

»Dauert das Fest lange?«
»Die ganze Nacht, bis in den Morgen hinein.«
Er blickte D'Arrast mit einer gewissen Verlegenheit an.
»Komm zum Tanz. Und dann nimm mich mit, wenn du weggehst. Sonst bleibe ich und tanze, vielleicht kann ich mich nicht beherrschen.«
»Tanzt du so gern?«
Die Augen des Kochs blitzten gleichsam lüstern.
»O ja, ich tanze gern. Und dann gibt es die Zigarren, die Heiligen, die Frauen. Man vergißt alles und gehorcht nicht mehr.«
»Frauen sind auch dabei? Alle Frauen aus der Stadt?«
»Aus der Stadt nicht, aber aus den Hütten.«
Der Koch lächelte wieder.
»Komm. Dem Kapitän gehorche ich. Und du wirst mir helfen, morgen mein Versprechen einzulösen.«
D'Arrast verspürte eine unbestimmte Gereiztheit. Was hatte er mit diesem unsinnigen Gelübde zu schaffen? Aber er blickte in das schöne, offene Gesicht, das ihm vertrauensvoll zulächelte und dessen braune Haut von Gesundheit und Leben glänzte.
»Ich komme«, sagte er. »Jetzt will ich dich ein Stückchen begleiten.«
Ohne zu wissen, warum, sah er wieder die junge Negerin vor sich, die ihm den Willkommenstrank gereicht hatte.
Sie verließen den Park, durchschritten ein paar kotige

Straßen und gelangten auf den unebenen Platz, den die geringe Höhe der ihn umgebenden Häuser noch weiter erscheinen ließ. Das Wasser lief nun über den Verputz der Mauern hinunter, obwohl der Regen nicht stärker geworden war. Durch den schwammigen Raum des Himmels drang das Rauschen des Stroms und der Bäume gedämpft bis zu ihnen. Sie gingen im gleichen Schritt, D'Arrast schwerfällig, der Koch federnd. Von Zeit zu Zeit hob der Mulatte den Kopf und lächelte seinem Gefährten zu. Sie schlugen die Richtung zur Kirche ein, die man über den Häusern erblickte, gelangten zum Ende des Platzes, folgten wiederum schlammigen Straßen, in denen es jetzt aufdringlich nach Essen roch. Von Zeit zu Zeit streckte eine Frau, die einen Teller oder ein Küchengerät in der Hand hielt, ein neugieriges Gesicht aus einer Tür und verschwand sogleich wieder. Sie gingen an der Kirche vorbei, durchquerten einen alten Stadtteil mit den gleichen niederen Häusern und standen plötzlich hinter dem Viertel der Hütten, das D'Arrast wiedererkannte, dem Brausen des unsichtbaren Stromes gegenüber.

»Schön. Ich gehe jetzt. Bis heute abend«, sagte er.

»Ja, vor der Kirche.«

Aber der Koch hielt D'Arrasts Hand fest. Er zauderte, dann fragte er:

»Und du? Hast du nie um Hilfe gerufen, etwas versprochen?«

»Doch, ein einziges Mal, glaube ich.«

»In einem Schiffbruch?«

»Sozusagen.« Und D'Arrast löste schroff seine Hand. Aber im Augenblick, da er sich auf dem Absatz umdrehen wollte, begegnete er dem Blick des Kochs. Er zögerte und lächelte dann.

»Ich kann es dir ruhig sagen, obwohl es keine Bedeutung hat. Jemand stand im Begriff, zu sterben, durch meine Schuld zu sterben. Ich glaube, da habe ich gerufen.«

»Hast du etwas versprochen?«

»Nein. Ich hätte es gerne getan.«

»Ist es lange her?«

»Kurz bevor ich hierher kam.«

Der Koch faßte seinen Bart mit beiden Händen. Seine Augen glänzten.

»Du bist ein Kapitän«, sagte er. »Mein Haus ist das deine. Und dann wirst du mir helfen, mein Versprechen zu halten, und das ist, als hieltest du es selber. Das wird auch dir helfen.«

D'Arrast lächelte. »Das glaube ich nicht.«

»Du bist stolz, Kapitän.«

»Ich war stolz, jetzt bin ich allein. Aber sag mir bloß, hat dein guter Herr Jesus dir immer geantwortet?«

»Immer? Nein, Kapitän!«

»Na also?«

Der Koch brach in ein frisches, kindliches Lachen aus.

»Nun«, sagte er, »es steht ihm frei, oder nicht?«
Im Klub, wo D'Arrast mit den Notabeln zu Mittag speiste, sagte ihm der Bürgermeister, er müsse sich in das Goldene Buch der Stadt eintragen, damit wenigstens ein Zeugnis zurückbleibe von dem großen Ereignis, das sein Kommen bedeutete. Der Richter fand seinerseits zwei oder drei neue Wendungen, um außer den Tugenden und Gaben ihres Gastes auch die Schlichtheit zu preisen, mit der er in ihrer Mitte das edle Land vertrat, dem anzugehören er die Ehre hatte. D'Arrast erwiderte bloß, daß dies seiner Meinung nach gewiß eine Ehre sei, daß er aber auch der Vorteile gedenken wolle, die seiner Firma aus der Vergebung dieses großen Auftrags erwüchsen. Worauf der Richter ob so vieler Bescheidenheit die Hände über dem Kopf zusammenschlug. »Haben Sie sich übrigens überlegt«, fragte er, »was wir mit dem Polizeichef machen sollen?« D'Arrast blickte ihn lächelnd an. »Allerdings.« Er würde es als eine persönliche Gunst und ganz und gar außergewöhnliche Huld betrachten, wenn diesem Unbesonnenen in seinem Namen verziehen würde, damit er, D'Arrast, der sich so sehr freute, die schöne Stadt Iguape und ihre hochherzigen Bewohner kennenzulernen, seinen Aufenthalt in einer Atmosphäre von Freundschaft und Eintracht antreten könne. Der Richter nickte aufmerksam und freundlich. Einen Augenblick wog er kennerisch die Formulierung ab, dann wandte er sich an

die übrigen Anwesenden, damit sie der traditionellen Großmut der edlen französischen Nation Beifall spenden konnten; darauf kehrte er sich wieder D'Arrast zu und erklärte sich befriedigt. »Wenn die Sache so steht«, schloß er, »werden wir heute abend mit dem Polizeichef zum Essen gehen.« D'Arrast sagte jedoch, er sei von Freunden zu dem Tanzfest in den Eingeborenenhütten eingeladen worden. »Natürlich!« sagte der Richter. »Es freut mich, daß Sie hingehen. Sie werden sehen, man muß unser Volk einfach liebhaben.«

Am Abend saßen D'Arrast, der Schiffskoch und sein Bruder um das erloschene Feuer in der Mitte der Hütte, die der Ingenieur am Morgen bereits besucht hatte. Der Bruder schien nicht überrascht, ihn wiederzusehen. Er sprach kaum spanisch und begnügte sich die meiste Zeit mit einem Kopfnicken. Der Koch dagegen hatte sich von Kathedralen erzählen lassen und sich dann des längeren über die schwarze Bohnensuppe verbreitet. Jetzt war die Nacht beinahe ganz hereingebrochen, und wenn D'Arrast auch den Koch und seinen Bruder noch deutlich sah, vermochte er doch die hinten in der Hütte kauernden Gestalten einer alten Frau und des jungen Mädchens, das ihn wiederum bedient hatte, kaum zu erkennen. Eintönig drang das Rauschen des Stroms zu ihnen empor.

Der Koch stand auf und sagte: »Es ist Zeit.« Sie erhoben sich, aber die Frauen rührten sich nicht. Die Männer gingen allein hinaus. D'Arrast zögerte, dann trat er zu den beiden anderen. Es war nun völlig dunkel, der Regen hatte aufgehört. Der blaßschwarze Himmel schien immer noch flüssig. In seinem durchsichtigen und düsteren Wasser begannen tief am Horizont die Sterne aufzugehen. Gleich darauf erloschen sie wieder und versanken einer nach dem anderen im Strom, als ließe der Himmel seine letzten Lichter tropfenweise fallen. Die schwere Luft roch nach Wasser und Rauch. Man hörte auch das ganz nahe Raunen des riesigen Waldes, in dem sich doch nichts regte. Plötzlich wurde in der Ferne Trommeln und Singen vernehmbar, zuerst gedämpft, dann deutlich, es kam näher und näher und verstummte. Kurz darauf sah man einen Zug Negerinnen auftauchen, die weiße, grobseidene Kleider mit sehr tiefsitzender Taille trugen. Ihnen folgte ein hochgewachsener Neger in einem enganliegenden, mit einer Kette bunter Zähne geschmückten roten Rock, und hinterdrein wälzte sich ein ungeordneter Haufe von Männern in weißen Pyjamas und Musikanten mit Triangeln und breiten, kurzen Trommeln. Der Koch sagte, man müsse sich ihnen anschließen.

Die Hütte, in die sie gelangten, nachdem sie dem Ufer ein paar hundert Meter über die letzten Behausungen hinaus gefolgt waren, bot einen großen, leeren, mit den im Inneren verputzten Wänden verhältnismäßig behaglichen Raum. Der Boden bestand aus gestampfter

Erde, das von einem Mittelpfosten gestützte Dach aus Stroh und Schilf, die Mauern waren kahl. Auf einem kleinen, mit Palmblättern verkleideten Altar, der sich hinten in der Hütte befand und dessen Unzahl von Kerzen kaum die Hälfte des Raums erleuchteten, war ein großartiger Farbendruck zu sehen, auf dem der heilige Georg mit Verführermiene einem schnauzbärtigen Drachen auf den Leib rückte. In einer mit Rocaille-Papier ausgeschlagenen Nische unter dem Altar stand zwischen einer Kerze und einem Wassernapf eine kleine, rotbemalte Tonstatue, die einen gehörnten Gott darstellte. Mit wilder Miene schwang er ein riesiges Messer aus Silberpapier.

Der Koch führte D'Arrast in eine Ecke, wo sie an die Wand geschmiegt nahe bei der Tür stehenblieben. »So können wir fort, ohne zu stören«, flüsterte er. Die Hütte war in der Tat vollgepfercht mit Männern und Frauen. Schon fing es an, heiß zu werden. Die Musikanten stellten sich zu beiden Seiten des Altars auf. Die Tänzer und Tänzerinnen teilten sich in zwei konzentrische Kreise, wobei die Männer den inneren bildeten. In der Mitte stand der schwarze Anführer mit dem roten Kittel. D'Arrast lehnte sich an die Wand und verschränkte die Arme.

Aber der Anführer durchbrach den Kreis der Tänzer, kam auf sie zu und sagte mit ernster Miene ein paar Worte zum Koch. »Verschränke die Arme nicht, Kapitän«, sagte dieser. »Du zwängst dich ein, du hinderst den Geist des Heiligen, herabzusteigen.« Gefügig ließ D'Arrast die Arme sinken. Mit dem Rücken lehnte er immer noch an der Wand und glich nun mit seinen langen, schweren Gliedern und seinem bereits schweißglänzenden Gesicht selber irgendeinem vertrauenerweckenden tierischen Gott. Der große Neger schaute ihn an und kehrte befriedigt an seinen Platz zurück. Unmittelbar darauf stimmte er schmetternd ein Lied an, das von allen im Chor aufgenommen und von den Trommeln begleitet wurde. Dann begannen die Kreise, sich in entgegengesetzter Richtung zu drehen, in einer Art schwerfälligem, nachdrücklichem Tanz, der eher einem vom doppelten Wiegen der Hüften leicht betonten Anorttreten glich.

Die Hitze hatte zugenommen. Und doch wurden die Pausen allmählich kürzer, die Unterbrechungen immer seltener, und der Tanz beschleunigte sich. Ohne daß der Rhythmus der anderen sich verlangsamte, ohne selber im Tanzen innezuhalten, durchbrach der Hüne von neuem die Kreise und ging zum Altar. Er kam zurück mit einem Glas Wasser und einer brennenden Kerze, die er in der Mitte der Hütte in die Erde steckte. In zwei konzentrischen Kreisen goß er das Wasser um die Kerze, dann richtete er sich wieder hoch auf und erhob irre Augen zum Dach. Mit angespanntem Körper wartete er reglos. »Der heilige Georg kommt! Schau!« flüsterte der Koch, dessen Augen aus den Höhlen traten. In der Tat schienen sich nun einige Tänzer in Trance zu befinden, doch war es eine erstarrte Trance, die Hände lagen auf dem Rücken, der Schritt war steif, die Augen starr und blicklos. Andere dagegen tanzten schneller, gerieten in Zuckungen und fingen an, unartikulierte Schreie von sich zu geben. Diese Schreie wurden lauter und lauter, und als sie zu einem einzigen Brüllen verschmolzen, stieß der Anführer, der die Augen immer noch erhoben hielt, selber mit höchster Stimmkraft ein langes, kaum rhythmisiertes Geheul aus, in dem immer die gleichen Worte wiederkehrten. »Siehst du«, hauchte der Koch, »er sagt, er sei das Schlachtfeld des Gottes.« Seine veränderte Stimme fiel D'Arrast auf, und er schaute ihn an: der Koch neigte sich mit geballten Fäusten und starren Augen vornüber und stampfte mit den anderen im Takt. Da merkte D'Arrast, daß er selber seit einer Weile, ohne die Füße fortzubewegen, mit seinem ganzen Gewicht tanzte.

Aber auf einmal fingen die Trommeln an zu dröhnen, und nun legte plötzlich der große rote Teufel los. Mit flammenden Augen und wild durch die Luft wirbelnden Armen und Beinen hüpfte er federnd mit angezogenen Knien von einem Bein aufs andere und beschleunigte das Tempo so ungeheuerlich, daß es aussah, als müßte er seine Glieder schließlich ausrenken. Aber im vollen Schwung hielt er auf einmal jäh inne, um inmitten des Trommelgedröhns die Anwesenden mit stolzer und schrecklicher Miene zu mustern. Sogleich tauchte aus einer finsteren Ecke ein Tänzer auf, kniete nieder und reichte dem Besessenen einen kurzen Säbel. Dieser ergriff ihn, während er unaufhörlich wilde Blicke um sich warf, dann schwang er ihn wirbelnd über seinem Kopf. Im gleichen Augenblick entdeckte D'Arrast den Koch inmitten der übrigen Tänzer. Er hatte sein Weggehen nicht bemerkt.

Im rötlich flackernden Licht stieg erstickender Staub vom Boden auf und verdickte die an der Haut klebende Luft. D'Arrast merkte, wie er allmählich müde wurde; das Atmen fiel ihm je länger desto schwerer. Er sah nicht einmal, wie die Tänzer zu den riesigen Zigarren gelangt waren, die sie jetzt zum Tanzen rauchten und deren seltsamer Geruch die Hütte erfüllte und ihm ein bißchen zu Kopfe stieg. Er sah nur den Koch, der an ihm vorbeitanzte und ebenfalls an einer Zigarre sog. »Rauch nicht!« sagte er. Der Koch brummte, tanzte aber unbeirrt im Takt weiter und starrte mit dem Ausdruck eines betäubten Boxers den Mittelpfosten an, während unausgesetzt ein langes Zittern seinen Nakken überlief. Zu seiner Seite bellte ohne Unterlaß eine dicke Negerin, die ihr Tiergesicht fortwährend nach rechts und links drehte. Aber die jungen Negerinnen vor allem gerieten in die furchtbarste Ekstase: ihre Füße klebten am Boden fest, und von ihnen ausgehend durchliefen Zuckungen ihren Körper, die immer heftiger wurden, je näher sie zu den Achseln gelangten. Dann wackelte ihr Kopf von vorne nach hinten und schien buchstäblich vom Rumpf abgetrennt. Zur gleichen Zeit fingen alle an zu brüllen und hörten nicht mehr auf; es war ein gemeinsamer, farbloser Schrei, ohne sichtbares Atmen, ohne Veränderung, als verknoteten sich die Körper mit Muskeln und Nerven zu einem einzigen, erschöpfenden Ton, der endlich in einem jeden von ihnen ein bisher ganz und gar stummes Wesen zu Wort kommen ließ. Und ohne daß der Schrei leiser wurde, fingen die Frauen an, eine nach der anderen umzufallen. Der Anführer kniete bei einer jeden nieder und preßte hastig und krampfartig seine großen Hände mit den braunen Muskeln auf ihre Schläfen. Dann standen sie wankend wieder auf, kehrten zu den Tänzern zurück und fingen von neuem an zu schreien, zuerst schwach, dann immer lauter und schneller, bis sie wiederum hinfielen und neu anfingen, immer wieder, bis das allgemeine Schreien schwächer wurde, sich veränderte und zu einer Art heiserem Bellen herabsank, das sie wie ein Glucksen schüttelte. D'Arrast war erschöpft, seine Muskeln hatten sich verkrampft, er erstickte an seiner eigenen Stummheit und fühlte, wie er schwankte. Die Hitze, der Staub, der Zigarrenrauch, die menschliche Ausdünstung machten das Atmen in dieser Luft unmöglich. Er suchte mit dem Blick den Koch: er war verschwunden. Da ließ D'Arrast sich der Wand entlang zu Boden gleiten, kauerte nieder und kämpfte gegen einen Brechreiz.

Als er die Augen öffnete, war die Luft immer noch gleich stickig, aber der Lärm hatte aufgehört. Einzig die Trommeln wirbelten leise, und zu ihrem Rhythmus stampften in weißliche Stoffe gehüllte Gruppen in allen Ecken der Hütte. In der Mitte des Raums, aus dem Glas und Kerze verschwunden waren, tanzte jetzt eine Anzahl junger Negerinnen in halb hypnotischem Zustand so langsam, daß sie ständig Gefahr liefen, aus dem Takt zu geraten. Mit geschlossenen Augen, doch aufrecht stehend, wiegten sie sich leise auf den Zehenspitzen vorwärts und rückwärts, beinahe ohne sich von der Stelle zu rühren. Zwei unter ihnen waren unförmig dick und trugen einen Bastschleier vor dem Gesicht. Sie umrahmten ein großes, schlankes Mädchen, in dem D'Arrast plötzlich die Tochter seines Gastgebers erkannte. Sie trug ein grünes Kleid, ein vorn aufgeschlagenes Jägerhütchen aus blauer Gaze, das mit einem Federbusch geschmückt war, und hielt in der Hand einen grünen und gelben Bogen mitsamt einem Pfeil, dessen Spitze einen bunten Vogel durchbohrte. Ihr hübscher Kopf war leicht nach hinten geneigt und pendelte langsam über dem feingliedrigen Körper; auf dem schlummernden Gesicht spiegelte sich eine gelassene und unschuldige Schwermut. Wenn die Musik aufhörte, taumelte sie schlaftrunken. Einzig der verstärkte Rhythmus der Trommeln gab ihr eine Art unsichtbare Stütze, um die herum sie ihre weichen Arabesken wand, bis sie wiederum mit der Musik zusammen innehielt, schwankte und einen seltsamen, durchdringenden und doch wohlklingenden Vogelschrei ausstieß.

Gebannt von diesem zögernden Tanz, betrachtete D'Arrast die schwarze Diana, als der Koch vor ihm auftauchte. Sein glattes Gesicht war jetzt aufgelöst, die Güte war aus seinen Augen verschwunden, sie spiegelten nur eine gewisse Gier, die D'Arrast bisher nicht an ihm bemerkt hatte. Ohne Freundlichkeit, als spräche er zu einem gänzlich Fremden, sagte er: »Es ist spät, Kapitän. Sie werden die ganze Nacht tanzen, aber sie wollen nicht, daß du jetzt bleibst.« Mit schwerem Kopf erhob D'Arrast sich und folgte dem Koch, der an der Wand entlang zur Tür ging. Auf der Schwelle trat er beiseite und hielt die Bambustür offen, während D'Arrast hinausging. Der Ingenieur wandte sich um und blickte den Koch an, der sich nicht gerührt hatte. »Komm, gleich mußt du den Stein tragen.«

»Ich bleibe«, sagte der Koch abweisend.

»Und dein Versprechen?«

Ohne zu antworten, schob der Koch allmählich die Tür zu, die D'Arrast mit einer Hand offenhielt. So verharrten sie eine Sekunde, dann gab D'Arrast achselzuckend nach und wandte sich zum Gehen.

Die Nacht war erfüllt von belebenden, würzigen Gerüchen. Über dem Wald erglänzten die von unsichtbarem Dunst verhüllten wenigen Sterne des südlichen Himmels in schwachem Licht. Die feuchte Luft war schwül, und doch schien sie von köstlicher Frische, wenn man aus dem Festsaal trat. D'Arrast ging den glitschigen Hang hinauf, erreichte die ersten Hütten, stolperte wie ein Betrunkener auf den löcherigen Wegen. Der ganz nahe Wald grollte leise. Das Rauschen des Stromes wurde lauter, der ganze Kontinent trat aus der Nacht, und Ekel überflutete D'Arrast.
Ihm schien, er hätte dieses ganze Land ausspeien mögen, die Traurigkeit seiner weiten Räume, das graugrüne Licht seiner Wälder und das nächtliche Plätschern seiner öden Ströme. Dieses Land war zu groß. Blut und Jahreszeiten verschwammen hier in eins, die Zeit löste sich auf. Das Leben wurde auf der Erdoberfläche gelebt, und wenn man dazugehören wollte, mußte man sich jahrelang zum Schlafen auf den bloßen, schlammigen oder ausgedörrten Boden legen. Drüben in Europa empfand man Scham und Zorn. Hier Fremdsein oder Einsamkeit inmitten dieser schmachtenden und rasenden Toren, die tanzten, um zu sterben. Aber durch die feuchte, von Pflanzengerüchen erfüllte Nacht drang immer noch der seltsame Schrei des verwundeten Vogels, den die schlummernde Schöne ausgestoßen hatte.

Als D'Arrast nach unruhigem Schlaf mit einer drückenden Migräne erwachte, lastete feuchte Hitze über der Stadt und dem reglosen Wald. Nun wartete er unter dem Vordach des Krankenhauses, schaute seine stehengebliebene Uhr an, wußte nicht, wie spät es war, und wunderte sich über den hellen Tag und das Schweigen, das von der Stadt aufstieg. Der Himmel von beinahe lauterem Blau lag schwer auf den vordersten, verblichenen Dächern. Gelbliche, in der Hitze erstarrte Urubus schliefen auf dem Haus gegenüber dem Hospital. Einer schüttelte sich plötzlich, öffnete den Schnabel, traf offensichtliche Anstalten, aufzufliegen, klatschte zweimal seine staubigen Flügel gegen seinen Körper, erhob sich ein paar Zentimeter über das Dach und sank zurück, um beinahe alsogleich weiterzuschlafen.

Der Ingenieur ging in die Stadt hinunter. Der Hauptplatz lag verödet wie die Straßen, durch die er gekommen war. Auf beiden Ufern des Stromes schwebte ferner Dunst tief über dem Wald. Die Hitze brannte senkrecht herunter, und D'Arrast blickte sich nach einem schutzbietenden, schattigen Winkel um. Da gewahrte er unter dem Vordach eines der Häuser einen kleinen Mann, der ihm zuwinkte. Im Näherkommen erkannte er Sokrates.

»Nun, Monsieur D'Arrast, gefällt dir das Fest?«

D'Arrast sagte, es sei heiß gewesen in der Hütte und er habe den Himmel und die Nacht lieber.

»Ja«, sagte Sokrates, »bei dir gibt es nur Messe. Niemand tanzt.«
Er rieb sich die Hände, hüpfte auf einem Bein, drehte sich um sich selber und lachte, bis er außer Atem war.
»Unmöglich, sie sind unmöglich!«
Dann schaute er D'Arrast voll Neugier an. »Und du, gehst du zur Messe?«
»Nein.«
»Wohin gehst du dann?«
»Nirgendwohin. Ich weiß nicht.«
Sokrates lachte immer noch.
»Unmöglich! Ein vornehmer Herr ohne Kirche, ohne nichts!«
D'Arrast lachte ebenfalls.
»Ja, da siehst du, ich habe meinen Platz nicht gefunden. Da bin ich eben fortgegangen.«
»Bleib bei uns, Monsieur D'Arrast. Ich mag dich.«
»Ich möchte gern, Sokrates, aber ich kann nicht tanzen.«
Ihr Lachen widerhallte im Schweigen der menschenleeren Stadt.
»Ach richtig«, sagte Sokrates, »ich vergesse. Der Bürgermeister will dich sehen. Er ißt im Klub zu Mittag.«
Und ohne ein weiteres Wort machte er sich in Richtung auf das Krankenhaus davon.
»Wohin gehst du?« rief D'Arrast ihm nach.
Sokrates ließ ein Schnarchen ertönen. »Schlafen! Bald

die Prozession.« Und beinahe laufend, fing er wieder an zu schnarchen.

Der Bürgermeister wollte D'Arrast bloß einen Ehrenplatz zuweisen, von dem aus er der Prozession beiwohnen konnte. Das setzte er dem Ingenieur auseinander, während er ihn zu einer Schüssel Fleisch und Reis einlud, die wohl dazu angetan war, einem Lahmen wieder auf die Beine zu helfen. Zuerst würden sie sich im Haus des Richters auf einem Balkon gegenüber der Kirche niederlassen, um den Festzug herauskommen zu sehen. Dann wollten sie aufs Bürgermeisteramt gehen; es lag in der Hauptstraße, die zum Kirchplatz führte und durch die die Büßer auf dem Rückweg ziehen würden. Der Richter und der Polizeichef sollten D'Arrast begleiten, denn der Bürgermeister war von Amts wegen verpflichtet, an der Zeremonie teilzunehmen. Der Polizeichef fand sich denn auch im Klubsaal ein, strich beständig mit einem unermüdlichen Lächeln auf den Lippen um D'Arrast herum und überschüttete ihn mit unverständlichen, aber offensichtlich liebevollen Reden. Als D'Arrast sich verabschiedete, stürzte der Polizeichef als Wegbereiter herbei und hielt ihm alle Türen offen.

In der brütenden Sonne gingen die beiden Männer durch die immer noch leere Stadt zum Haus des Richters. Einzig ihre Schritte widerhallten in der Stille. Aber auf einmal platzte in einer nahen Straße eine Petarde und jagte die Urubus mit den kahlen Hälsen in rauschenden, schwerfälligen Garben von den Dächern auf. Beinahe gleichzeitig knallten in allen Richtungen Dutzende von Petarden, die Türen sprangen auf, und die Leute begannen aus den Häusern zu strömen und die engen Gassen zu füllen.

Der Richter gab seinen Stolz darüber Ausdruck, D'Arrast in seinem unwürdigen Haus empfangen zu dürfen, und führte ihn über eine prächtige, blau getünchte Barocktreppe in den ersten Stock. Auf dem Flur öffneten sich bei D'Arrasts Vorübergehen verschiedene Türen, dunkle Kinderköpfe tauchten auf und verschwanden gleich wieder unter mühsam beherrschtem Kichern. Der Empfangssalon war ein schöner Raum von ausgewogenen Proportionen; er enthielt nur Korbmöbel und große Vogelkäfige, deren Bewohner ohrenbetäubend kreischten. Der Balkon, auf dem sie sich niederließen, ging auf den kleinen Platz vor der Kirche. Seltsam schweigend und unbeweglich in der Hitze, die in beinahe sichtbaren Strömen vom Himmel floß, begann die Menge ihn nun zu füllen. Einzig ein paar Kinder rannten um den Platz und standen immer wieder jäh still, um die Petarden abzubrennen, die man in rascher Folge knallen hörte. Vom Balkon aus gesehen, wirkte die Kirche mit ihren verputzten Mauern, ihrem Dutzend blaugetünchter Stufen und ihren zwei blauen und weißen Türmen viel kleiner.

Plötzlich erbrauste im Inneren der Kirche die Orgel. Die der Vorhalle zugekehrte Menschenmenge stellte sich an den Längsseiten des Platzes auf. Die Männer entblößten das Haupt, die Frauen knieten nieder. Die gedämpft herübertönende Orgel spielte lange Zeit Märsche. Dann kam ein seltsames Schwirren vom Wald her. Über den Bäumen tauchte als fremder Eindringling in dieser zeitlosen Welt ein winziges Flugzeug mit durchsichtigen Flügeln und zierlichem Rumpf auf, senkte sich ein bißchen auf den Platz hinunter und flog mit schnarrendem Brummen über die zu ihm erhobenen Köpfe hinweg. Dann beschrieb es einen Bogen und entfernte sich in Richtung auf das Meer.

Ein undeutbares Hin und Her im Dunkel der Kirche zog indessen die Aufmerksamkeit wieder auf sich. Die Orgel war von Blechinstrumenten und Trommeln abgelöst worden, die unsichtbar unter dem Vordach blieben. Büßer in schwarzen Chorhemden traten einer nach dem anderen aus der Kirche, ordneten sich auf dem Vorplatz und begannen dann die Stufen hinabzusteigen. Hinter ihnen kamen andere, weißgekleidete Büßer, die rote und blaue Banner trugen, dann eine kleine, zu den Brüderschaften der Marienkinder gehörende Schar als Engel verkleideter Knaben mit braunen, ernsten Gesichtchen und schließlich die in ihren dunklen Anzügen schwitzenden Notabeln, die in einem bunten Schrein das Bildnis des guten Herrn Jesus selber trugen; er hielt ein Schilfrohr in der Hand, und sein blutiges, dornenbedecktes Haupt schwankte über dem Volk dahin, das die zur Kirche hinaufführenden Stufen besetzt hielt.

Als der Schrein unten an der Treppe angekommen war, gab es eine Pause, während der die Büßer versuchten, sich mit einem Anschein von Ordnung aufzustellen. In diesem Augenblick entdeckte D'Arrast den Koch. Er war eben mit nacktem Oberkörper auf den Platz hinausgetreten und trug auf seinem bärtigen Haupt einen gewaltigen, viereckigen Block, der auf einer unmittelbar auf dem Schädel liegenden Korkunterlage ruhte. Mit festem Schritt stieg er die Kirchenstufen hinab und hielt den Stein genau ausgewogen im Bogen seiner kurzen, sehnigen Arme. Sobald er hinter dem Schrein angekommen war, setzte die Prozession sich in Bewegung. Aus der Vorhalle tauchten nun auch die grellfarbene Röcke tragenden Musikanten auf, die mit voller Kraft in bändergeschmückte Blechinstrumente bliesen. Im Takt eines schmissigen Marsches beschleunigten die Büßer ihren Schritt und schlugen eine der Straßen ein, die auf den Platz mündeten. Als nach ihnen auch der Schrein verschwunden war, sah man bloß noch den Koch und die hintersten Musikanten. In ihrem Gefolge geriet nun inmitten der Knallerei die Menge ebenfalls in Bewegung, während das Flugzeug mit lautem Kolbengeschepper zurückkehrte und tief über den

Nachzüglern kreiste. D'Arrast hatte nur Augen für den Koch, der jetzt zwischen den Häusern verschwand und dessen Schultern ihm plötzlich vornüber zu sinken schienen. Aber aus dieser Entfernung konnte er es nicht genau erkennen.

Durch die verödeten Straßen, an den geschlossenen Geschäften und verriegelten Türen vorbei, gingen der Richter, der Polizeichef und D'Arrast nun zum Bürgermeisteramt. Je weiter sie sich von der Blasmusik und den Detonationen entfernten, desto eindrücklicher nahm die Stille die Stadt wieder in Besitz, und schon kehrten ein paar Urubus auf die Dächer am Platz zurück, wo sie seit jeher zu hausen schienen. Das Bürgermeisteramt ging auf eine schmale, lange Gasse, die von einem der Außenquartiere zum Kirchplatz führte. Gegenwärtig war sie menschenleer. Vom Balkon aus sah man, so weit das Auge reichte, nur eine holperige Straße, auf der der letzte Regen ein paar Pfützen hinterlassen hatte. Die Sonne stand ein bißchen tiefer, doch zerfraß sie auf der anderen Straßenseite noch immer die blinden Fassaden der Häuser.

Sie warteten lange, so lange, daß D'Arrast vom bloßen Anschauen des Sonnenglasts auf der gegenüberliegenden Mauer wieder von Müdigkeit und Schwindel befallen wurde. Die leere Straße mit den verlassenen Häusern zog ihn an und stieß ihn doch ab. Von neuem hätte er aus diesem Land fliehen mögen; gleichzeitig dachte er an jenen riesigen Stein und sehnte das Ende der Prüfung herbei. Eben wollte er sich aufmachen, um sich nach dem Verbleib der Prozession zu erkundigen, als die Kirchenglocken stürmisch zu läuten begannen. Im gleichen Augenblick brach zu ihrer Linken, am anderen Ende der Straße, ein Getümmel los, und eine wogende Menge tauchte auf. Aus der Entfernung sah man sie gleichsam am Schrein kleben, Pilger und Büßer durcheinandergemischt, und inmitten der Petarden und des Freudengebrülls näherten sie sich durch die enge Gasse. In Sekundenschnelle füllten sie sie bis zum Rand und trieben in einem unbeschreiblichen Wirrwarr dem Bürgermeisteramt entgegen, die Alten und die Jungen, die Rassen und die Gewänder zu einer einzigen bunten, von Augen und gellenden Mündern bedeckten Masse verschmolzen, aus der wie Lanzen ein Heer von Kerzen herausragte, deren Flamme im heißen Licht des Tages versickerte. Aber als sie ganz nahe waren und die Menge unter dem Balkon an den Mauern hochzuquellen schien, sah D'Arrast, daß der Koch sich nicht darunter befand.

Ohne eine Sekunde zu zögern und ohne sich zu entschuldigen, verließ er den Balkon und das Zimmer, rannte die Treppe hinunter und stand im Getöse der Glocken und der Petarden auf der Straße. Nun mußte er gegen die jubelnde Menge, die Kerzenträger und die empörten Büßer ankämpfen. Aber mit seinem ganzen Gewicht warf er sich gegen die Flut der Menschen und bahnte sich unwiderstehlich einen Weg, und zwar so ungestüm, daß er strauchelte und beinahe zu Boden gestürzt wäre, als er am äußersten Ende der Straße die Menge im Rücken hatte und frei war. Dicht an die glühende Mauer gelehnt, wartete er, bis er wieder zu Atem kam. Dann eilte er weiter. Im gleichen Augenblick bog eine Gruppe von Männern in die Gasse ein. Die vordersten gingen rückwärts, und D'Arrast sah, daß sie den Koch umringten.

Der Koch war sichtlich am Ende seiner Kraft. Er stand immer wieder still, unter den gewaltigen Stein gebeugt, dann lief er ein bißchen mit dem schnellen Schritt der Lastenträger und Kulis, dem eiligen Trippeln des Elends, bei dem der Fuß mit der ganzen Sohle auf dem Boden aufschlägt. Umgeben war er von Büßern, deren Hemden von geschmolzenem Wachs und Staub beschmutzt waren; sie sprachen ihm Mut zu, wenn er stehenblieb. Zu seiner Linken ging oder lief schweigend sein Bruder. Es schien D'Arrast, sie brauchten unendlich lange, um die zwischen ihnen liegende Strecke zurückzulegen. Ungefähr auf seiner Höhe blieb der Koch wiederum stehen und blickte mit erloschenen Augen um sich. Als er D'Arrast sah, kehrte er sich ihm zu, doch scheinbar ohne ihn zu erkennen, und regte sich nicht mehr. Öliger, schmutziger Schweiß bedeckte sein jetzt graues Gesicht, sein Bart stand voll Speichelfäden, brauner,

trockener Schaum verklebte seine Lippen. Er versuchte zu lächeln. Obwohl er sich nicht rührte unter seiner Last, zitterte er am ganzen Körper außer in den Schultern, wo die Muskeln sich offenbar in einer Art Krampf verhärtet hatten. Der Bruder, der D'Arrast erkannt hatte, sagte bloß zu ihm: »Er ist schon umgefallen.« Und der plötzlich von irgendwoher aufgetauchte Sokrates flüsterte ihm ins Ohr: »Zuviel Tanzen, Monsieur D'Arrast. Die ganze Nacht. Er ist müde.«
Nun nahm der Koch seinen abgehackten Trab wieder auf, nicht wie einer, der vorankommen will, sondern als ob er vor der Last flöhe, die ihn erdrückte, als ob er hoffte, durch die Bewegung ihr Gewicht zu vermindern. Ohne daß D'Arrast wußte, wie es geschah, fand er sich zur Rechten des Kochs, legte ihm eine leicht gewordene Hand auf den Rücken und ging mit kurzen, eiligen und schwerfälligen Schritten neben ihm her. Am anderen Ende der Straße war der Schrein nicht mehr zu sehen, und die Menge, die jetzt zweifellos den Platz füllte, schien sich zu stauen. Ein paar Sekunden lang verringerte der zwischen seinem Bruder und D'Arrast gehende Koch den Abstand. Bald trennten ihn nur mehr etwa zwanzig Meter von der Gruppe, die sich vor dem Bürgermeisteramt angesammelt hatte, um ihn vorbeikommen zu sehen. Aber von neuem stand er still. D'Arrast ließ seine Hand schwerer auf ihm ruhen. »Vorwärts, Koch«, sagte er, »noch ein Stückchen.« Der an-

dere zitterte. Speichel rann wieder aus seinem Mund, während auf seinem ganzen Körper der Schweiß buchstäblich ausbrach. Er wollte tief Atem holen und blieb stecken. Wieder ging er vorwärts, machte drei Schritte, wankte. Und plötzlich rutschte der Stein auf seine Achsel, riß sie auf, glitt weiter vornüber und fiel zu Boden, während der Koch das Gleichgewicht verlor und seitwärts zusammenbrach. Die Männer, die ihm Mut zusprechend vorausgegangen waren, sprangen laut schreiend zurück, einer ergriff die Korkunterlage, während die anderen den Stein aufhoben, um ihn dem Koch von neuem aufzuladen.

D'Arrast stand über ihn gebeugt und reinigte mit der Hand die blut- und staubverschmierte Achsel, während der kleine Mann das Gesicht an die Erde geschmiegt hielt und keuchte. Er hörte nichts, rührte sich nicht mehr. Gierig öffnete sein Mund sich bei jedem Atemzug, als wäre es der letzte. D'Arrast faßte ihn um den Leib und richtete ihn so mühelos auf wie ein Kind. Er hielt ihn aufrecht an sich gedrückt. Seine ganze hohe Gestalt herabneigend, sprach er ihm ins Gesicht, wie um ihm seine Kraft einzuhauchen. Nach einer Weile löste der blutende, verschmutzte Koch sich von ihm, sein Gesicht trug einen verstörten Ausdruck. Schwankend ging er auf den Stein zu, den die anderen ein bißchen anhoben. Aber dann stand er still; er betrachtete den Stein mit leerem Blick und schüttelte den Kopf. Er ließ die Arme sinken und kehrte sich D'Arrast zu. Riesige Tränen liefen lautlos über sein verwüstetes Gesicht. Er wollte sprechen, er sprach, aber sein Mund vermochte die Silben kaum zu bilden. »Ich habe versprochen«, sagte er. Und dann: »Ach, Kapitän! Ach, Kapitän!« Und die Tränen erstickten seine Stimme. Hinter ihm tauchte sein Bruder auf und schlang die Arme um ihn, und der Koch ließ sich weinend, besiegt, mit nach hinten geworfenem Kopf gegen ihn fallen.

D'Arrast schaute ihn an und suchte vergeblich nach Worten. Dann kehrte er sich nach der Menge um, die in der Ferne wieder schrie. Plötzlich entriß er die Korkunterlage den Händen, die sie hielten, und ging auf den Stein zu. Er bedeutete den anderen, ihn zu heben, und lud ihn sich beinahe mühelos auf. Unter dem Gewicht des Blocks leicht eingesunken, die Schultern dukkend, ein bißchen schwer atmend, blickte er zu Boden und lauschte auf das Schluchzen des Kochs. Dann setzte er sich mit kräftigem Schritt in Bewegung, durchlief ohne Zögern die Strecke, die ihn von der Menge am anderen Ende der Straße trennte, und durchbrach voll Entschiedenheit die ersten Reihen, die zur Seite wichen. Er betrat den Platz inmitten des Gedröhns der Glokken und der Knaller, aber in dem Spalier von Zuschauern, die ihn verwundert betrachteten, wurde es plötzlich still. Mit dem gleichen schwungvollen Schritt ging er weiter, und die Menge öffnete ihm eine Gasse bis zur Kirche. Trotz des Gewichts, das ihm Kopf und Nacken zu zermalmen begann, sah er die Kirche und den Schrein, der ihn auf dem Vorplatz zu erwarten schien. Er hielt auf ihn zu und hatte die Mitte des Platzes bereits hinter sich, als er plötzlich, ohne zu wissen warum, jäh nach links abbog und sich vom Weg, der zur Kirche führte, abwandte, so daß die Pilger gezwungen waren, ihm ins Gesicht zu blicken. Hinter sich hörte er eilige Schritte. Vor sich sah er überall offene Münder. Er verstand nicht, was sie ihm zuriefen, obwohl er das portugiesische Wort, das ihm von allen Seiten entgegentönte, zu erkennen vermeinte. Auf einmal tauchte Sokrates vor ihm auf, rollte entsetzt die Augen, sprach abgerissen auf ihn ein und zeigte in seinem Rücken auf den Weg zur Kirche. »Zur Kirche! Zur Kirche!« Das war das Wort, das Sokrates und die Menge schrien. D'Arrast ging jedoch unbeirrt in der eingeschlagenen Richtung weiter. Und Sokrates trat mit drollig zum Himmel erhobenen Armen beiseite, während die Menge nach und nach verstummte. Als D'Arrast in die nächste Straße einbog, durch die er schon mit dem Koch gegangen war und von der er wußte, daß sie zu den am Strom gelegenen Stadtteilen führte, war der Platz nur mehr ein verworrenes Raunen in seinem Rücken.

Der Stein lastete jetzt schmerzhaft auf seinem Schädel, und er hatte die ganze Kraft seiner starken Arme nötig, um den Druck ein wenig zu vermindern. Seine Schultern verkrampften sich schon, als er die ersten abschüssigen und glitschigen Wege erreichte. Er hielt inne, horchte. Er war allein. Er rückte den Stein auf seiner Korkunterlage zurecht und stieg vorsichtigen, aber immer noch sicheren Schrittes zu den Hütten hinunter. Als er dort anlangte, begann der Atem ihm auszugehen, seine um den Stein geschlungenen Arme zitterten. Er beschleunigte den Schritt und kam endlich auf den kleinen Platz, wo die Hütte des Kochs stand, rannte zu ihr, öffnete die Tür mit einem Fußtritt und schleuderte den Stein mit einem Schwung in die Mitte des Raumes auf das noch glimmende Feuer. Dann richtete er sich zu seiner vollen, plötzlich riesenhaften Größe auf, sog mit verzweifelten Atemzügen den wiedererkannten Geruch der Armut und der Asche in sich ein und lauschte auf die geheime, keuchende Freude, die in ihm aufflutete und die er nicht zu benennen wußte.

Als die Bewohner der Hütte heimkehrten, stand D'Arrast mit geschlossenen Augen aufrecht an der hinteren Wand. In der Mitte des Raums lag an der Stelle des Herdfeuers der Stein halb in Asche und Erde eingegraben. Sie standen auf der Schwelle, ohne einzutreten, und blickten D'Arrast schweigend und gleichsam fragend an. Aber er blieb stumm. Da führte der Bruder den Koch zum Stein, und der Koch ließ sich zu Boden fallen. Der Bruder setzte sich ebenfalls und gab den anderen ein Zeichen. Die alte Frau gesellte sich zu ihnen, dann das junge Mädchen der letzten Nacht, aber niemand blickte D'Arrast an. Schweigend kauerten sie im Kreis um den Stein. Nur das Rauschen des Stroms drang durch die schwüle Luft bis zu ihnen. D'Arrast stand im Dunkeln, horchte, ohne etwas zu sehen, und das Brausen des Wassers erfüllte ihn mit ungestümem Glück. Mit geschlossenen Augen grüßte er freudig seine eigene Kraft, grüßte abermals das Leben, das neu begann. Im gleichen Augenblick knallte ganz in der Nähe eine Petarde. Der Bruder rückte ein wenig vom Koch ab, wandte sich halb nach D'Arrast um und wies, ohne ihn anzublicken, auf den leeren Platz: »Setz dich zu uns.«

Albert Camus

Albert Camus
Dargestellt von Morvan Lebesque
(bildmonographien 50)

Die Pest (rororo 15)

Der Fremde (rororo 432)

Kleine Prosa (rororo 441)

Der Fall
Roman (rororo 1044)

Verteidigung der Freiheit
Politische Essays (rororo 1096)

Der Mensch in der Revolte
Essays (rororo 1216)

Tagebücher 1935-1951
(rororo 1474)

Fragen der Zeit
Deutsch von Guido G. Meister
(rororo 4111)

Der glückliche Tod
Roman/Cahiers Albert Camus I
Deutsch von Eva Rechel-Mertens.
Nachwort und Anmerkungen von
Jean Sarocchi (rororo 5152)

Der Mythos von Sisyphos
Ein Versuch über das Absurde. Mit einem
kommentierenden Essay von
Liselotte Richter (rde 90)

ro
ro
ro

Claude Simon

»Ein europäischer Faulkner – eine eigene zweifellos große Leistung«
Deutsche Zeitung und Wirtschaftszeitung

Der Palast

Roman. Aus dem Franz. von Elmar Tophoven. 3. Aufl., 15. Tsd. 1985.
Serie Piper 567

»Meine Sinne sind eine Erinnerung an Sachen«, sagt Claude Simon. »Ich bin immer bemüht, mich der Genauigkeit meiner Erinnerungen so eng wie möglich anzunähern ...« Fragmentarisch und dennoch untereinander in Bezug stehend, rufen die Bilder zur Rekonstruktion auf. Faktische Realität ist nur durch das subjektive Bewußtsein des Protagonisten gegeben – die objektive Dimension bezieht Simon aus der Sprache selbst. Aus fast mikroskopisch genauen Momentaufnahmen setzen sich die Tableaus zusammen. Wortkollagen, syntaktische Gefüge wechseln mit Passagen von eindringlicher Schlichtheit. In geschmeidiger und exuberanter Prosa werden die Themen Zeit, Vergänglichkeit und Tod auf subtile und überzeugende Weise präsent.

Die Straße in Flandern

Roman. Aus dem Franz. von Elmar Tophoven. 2. Aufl., 12. Tsd. 1985.
302 Seiten. Serie Piper 566

»Die vielschichtige Erzähltechnik wird mit lässiger, dennoch bisweilen atemberaubender Virtuosität gehandhabt, aber sie steht nun wirklich im Dienst eines Stoffes, der anders nicht darzustellen ist. Das bohrende, unablässige Einkreisen einiger Augenblicke, einiger Fragen, das Wechselspiel zwischen verschiedenen, sich dauernd durchdringenden Zeitgeschichten, das Anzweifeln aller Gewißheiten: diese typischen Merkmale des ›nouveau roman‹ sind hier mit der Handlung restlos zur Deckung gebracht.« Die Weltwoche, Zürich

Der Wind

Roman. Aus dem Franz. von Eva Rechel-Mertens. 3. Aufl., 17. Tsd. 1985.
307 Seiten. Serie Piper 561

»Das Buch sprengt die Fesseln der Zeit, der starr logischen Folge und der plumpen Kausalität. Das Wirkliche wird wirklicher. Es nimmt Gestalt an in einer hochromantischen Prosa, einer Sprache voller Rhythmus und Bildgewalt. Es ist eine an Proust geschulte, virtuose Diktion, die der Syntax das Letzte abverlangt. Diese Sprache entscheidet den Ausgang des Experiments zugunsten des Experimentators. Mehr noch: sie verbürgt sich dafür, daß er ein Dichter ist.« Süddeutsche Zeitung

Maurice Sachs
Der Sabbat

Eine Chronique scandaleuse
Mit einem Nachwort von François Bondy.
Aus dem Französischen von Herbert Schlüter.
2. Aufl., 10. Tsd. 1986. 352 Seiten. Serie Piper 255

Maurice Sachs, Freund berühmter Künstler wie André Gide, Jean Anouilh, Max Jacob, Sekretär Jean Cocteaus, Schriftsteller, Kunsthändler, Schwarzhändler und Lektor, Gefährte von Violette Leduc (»Die Bastardin«) und am Ende seines Lebens Gestapospitzel, ist der Chronist des kollektiven Abenteuers einer Welt und einer Weltstadt – des hektischen, schillernden Paris der 20er und 30er Jahre. Freimütig, scharfsichtig und komödiantisch schildert er in dieser Autobiographie, die zugleich eine Art Schelmenroman ist, die Skandale, Vergnügungen und Unsitten jener Epoche, seine meist homosexuellen Liebschaften und die Beziehung zur Mutter.